Vente après décès de Mme de C...

OBJETS D'ART

TERRES CUITES DE MARIN

PORCELAINES, BRONZES

Meubles anciens

TABLEAUX ANCIENS ET MODERNES

Mobilier moderne, Livres

EXPOSITION : HOTEL DROUOT, SALLE N° 2

Le Dimanche 11 Avril 1897

COMMISSAIRES-PRISEURS

Me Léon TUAL | Me A. LANTIEZ
Rue de la Victoire, 56 | Rue Le Peletier, 44

EXPERT : **M. B. LASQUIN**, rue Laffitte, 12

PARIS — 1897

IMPRIMERIE MAULDE et RENOU

MAULDE, DOUMENC & Cie

IMPRIMEURS DE LA COMPAGNIE DES COMMISSAIRES-PRISEURS

Rue de Rivoli, 144. — Paris

CATALOGUE

DES

OBJETS D'ART

ET MOBILIERS

SCULPTURES EN TERRE CUITE

Par MARIN

Objets de vitrine, Biscuits Louis XVI
Porcelaines anciennes de Saxe et de Sèvres, Faïences

BRONZES D'ART ET D'AMEUBLEMENT

Belle Pendule Louis XVI en bronze doré et marbre, Flambeaux
Garnitures de cheminées
Vitrine Louis XVI en marqueterie, Commode Louis XV
et Meubles divers

TABLEAUX ANCIENS ET MODERNES

PAR ANASTASI, F. CHAIGNEAU, CHAVET
COYPEL, DE MARNE, FICHEL, GUILLEMIN, MOUCHERON
SCHOEVAERDTS, VALLIN, ETC.

MOBILIER MODERNE EN ACAJOU

LIVRES

DONT LA VENTE AURA LIEU APRÈS DÉCÈS DE Mme DE C...

En vertu d'ordonnance et par suite d'acceptation bénéficiaire

HOTEL DROUOT, SALLE N° 2

Les Lundi 12 et Mardi 13 Avril 1897, à 2 heures

COMMISSAIRES-PRISEURS

Me Léon TUAL	Me A. LANTIEZ
Rue de la Victoire, 56	Rue Le Peletier, 44

Assistés de M. B. LASQUIN, Expert, rue Laffitte, 12

EXPOSITION PUBLIQUE

Le Dimanche 11 Avril 1897, de 1 heure 1/2 à 5 heures 1/2

CONDITIONS DE LA VENTE

Elle sera faite au comptant.

Les Acquéreurs paieront CINQ POUR CENT en sus des adjudications.

Maulde, Doumenc et Cie, imprimeurs de la Cie des Commissaires-Priseurs
rue de Rivoli, 144   600—65749

DESIGNATION

TABLEAUX ANCIENS ET MODERNES

ANASTASI (A.)

1 — Paysage de Hollande ; clair de lune.

CHAIGNEAU (F.)

2 — La Rentrée du troupeau de moutons à la ferme.

CHAVET

3 — Jeune Femme Louis XV dans une bibliothèque.

COYPEL

4 — Jupiter, Vénus et deux Amours.

DE MARNE

5 — Le Repas des vendangeurs.

Dans un vallon avec perspective sur une rivière traversée par un pont, plusieurs villageois, assis sous deux grands arbres, prennent leur repas. Près d'eux, une charrette et un cheval dételé. A droite, un paysan fait des fagots près d'une fontaine. A gauche, un vendangeur verse le contenu de sa hotte dans une cuve.

DE MARNE

6 — Retour de pêche.

Sous la voûte d'une grotte, dans les falaises, des pêcheurs ont apporté le produit de leur pêche. L'un d'eux propose du poisson à un promeneur. A droite, une femme montée sur un cheval. Au fond, la vue s'étend sur une plage.

FICHEL

7 — Violoniste Louis XV.

GREUZE (D'après)

8 — La petite Paysanne.

Pastel.

GUILLEMIN

9 — Paysanne donnant du grain à des poules.

10 — Paysan accoudé sur une table.

Deux pendants.

LANCRET (Attribué à)

11 — Divertissements champêtres.

> Plusieurs couples causent et jouent dans un parc
> pendant que des serviteurs dressent une table près
> d'une construction à colonnes.

LECOINTE

12 — Paysage.

MOUCHERON

13 — Paysage avec chasse au cerf.

SCHOEVAERDTS

14 — Personnages dans des ruines antiques.

15 — Pâtres et Bestiaux.

> Deux pendants peints sur cuivre.

VALLIN

16 — L'Autel de Pan.

> Charmante composition.

VALLIN

17 — Nymphe lutinée par des Amours.

VÉRONÈSE (D'après)

18 — La Cène.

> Belle reproduction ancienne.

VIARDOT (Léon)

19 — Tête de chien.

ÉCOLE MODERNE

20 — Les Etangs de Chantilly.

ÉCOLE HOLLANDAISE

21 — Le Marchand de légumes.

SCULPTURES EN TERRE CUITE

22 — Très joli Groupe en terre cuite, par Marin : Nymphe drapée, dans l'attitude de la marche, portant un petit faune sur ses épaules et tenant une grappe de raisin de la main gauche. (Provient de la collection du Duc de Morny.)

23 — Petit Groupe en terre cuite de Marin : Deux Enfants bacchants couchés. (Signé.)

24-25 — Deux Hauts-Reliefs en terre cuite de Fratin : Bouc et Têtes d'animaux.

OBJETS DE VITRINE

26 — Deux petites Miniatures de l'époque Louis XV : Têtes de jeunes femmes dans des cadres en bronze doré.

27 — Boîte ronde en lapis avec dessus en mosaïque, paysage de Rome.

28 — Boîte ronde en poudre d'écaille verte, avec fixé
représentant la mort du général Wolff.

29 — Petit Étui Louis XV en agate, avec monture d'or
ciselé, à motifs rocaille.

30 — Deux Flacons à sel.

BISCUITS, PORCELAINES, FAIENCES

31 — Beau Groupe en biscuit de l'époque Louis XVI :
L'Autel de l'Amour.

32 — Petite Pendule formée d'une figure d'Amour
jouant du tambourin en biscuit. Signé : *Coustan*,
13 prairial an 3ᵉ.

33 — Deux Beurriers ronds sur plateaux en ancienne
porcelaine de Sèvres, pâte tendre, à décor de fleurs
et filets bleus.

34 — Petit Groupe de deux figures en ancienne porcelaine de Frankenthal : *Le Vieillard galant*.

35 — Groupe de trois Figures en vieux Saxe : Jardiniers
et Enfant.

36 — Deux Figurines d'enfants marchands de fruits et
de fleurs, en Saxe.

37 — Écritoire en vieux Saxe, composée d'un plateau
oblong et de deux godets décorés de petites figures et
d'ornements en dorure.

38 — Petit Vase rocaille à deux anses, branchages et couvercle ajouré en vieux Saxe.

39 — Tabatière ovale en vieux Saxe, décorée de volatiles et d'oiseaux.

40 — Petite Potiche en ancienne porcelaine de l'Inde.

41 — Soupière ovale et son Plateau en vieux Saxe, à décor d'oiseaux, insectes et papillons; le couvercle surmonté d'une figurine.

42 — Chocolatière en vieux Saxe, décorée de gerbes de fleurs et d'une bordure gaufrée.

43 — Canette en porcelaine de Saxe, décorée de trois sujets de deux figures et d'ornements dorés.

44 — Deux Corbeilles ovales en porcelaine de Saxe.

45 — Bol en vieux Saxe, fond vert, à médaillons de figures, monté en bronze.

46 — Corbeille et Plateau en porcelaine de Berlin et un Plateau en porcelaine de Saxe.

47 — Plateau triangulaire en porcelaine de Locré, garni de bronze.

48 — Épagneul en porcelaine de Saxe.

49 — Buste de Bonaparte, premier consul, en faïence blanche sur socle en marbre blanc.

50 — Petite Pendule en porcelaine de Saxe, a figure d'enfant assis et attributs des arts.

51 — Cornet en ancienne porcelaine de Chine, fond rouge.

52 — Verrière en porcelaine Barbeau, à myosotis.

53 — Pichet en ancienne faïence de Rouen, décor polychrome, dit à la corne.

54 — Pot à lait en porcelaine de Locré, décoré de jetés de fleurs en couleurs et or.

55 — Groupe de trois chiens, porcelaine de Saxe.

56 — Carlin en Saxe.

57 — Deux petites Potiches, en vieux Chine, décor au coq, monture en bronze.

58 — Deux petites Potiches en vieux Japon, socles en bronze.

59 — Deux Potiches couvertes en vieux Japon, socles en bronze.

60 — Deux Vases en porcelaine de Sèvres moderne (1864), fond vert d'eau, gaufrés à fleurs et arbustes, à deux anses chimères.

61 — Deux petits Vases en vieux Sèvres, fond turquoise, à médaillons d'oiseaux, montés en bronze.

62 — Tasse et sa Soucoupe en vieux Saxe, décor d'oiseaux.

63 — Plateau forme feuille, en vieux Saxe, avec sujet maritime peint.

64 — Différents Objets d'étagère.

BRONZES D'ART ET D'AMEUBLEMENT

65 — Belle Pendule du temps de Louis XVI, en bronze doré au mercure et marbre blanc. Le mouvement supporté par deux chiens couchés et surmonté d'une figure d'Amour tenant une torche et des guirlandes de fleurs. Sur le socle, une draperie, deux corbeilles et des guirlandes.

66 — Deux Flambeaux d'un joli modèle Louis XVI, tige à trois consoles volutes, en bronze ciselé et doré.

67 — Petite Fontaine en bronze italien, composée de quatre figures autour d'une vasque ronde, et reposant sur des coquilles ornées de dauphins. Le dessous, en forme de vasque carrée, est en marbre de Sienne.

68 — Deux Vases Louis XVI, en marbre bleu turquin, garnis de piédouches et de deux anses en bronze ciselé et doré.

69 — Deux Flambeaux Louis XV en bronze ciselé et doré, à ornements rocaille.

70 — Galerie de foyer Louis XVI, en cuivre.

71 — Petit Brûle-Parfum en bronze du Tonkin, à médaillons en relief et dorés.

72 — Coupe en bronze supportée par un buste de femme.

73 — Garniture de cheminée, de DENIÈRE, en bronze ciselé et doré, à figures de femmes drapées en bronze patiné, composée d'une pendule et de deux candélabres.

74 — Coupe en porcelaine bleu turquoise, à médaillons de fleurs, monture en bronze doré.

75 — Deux Candélabres à branchages et figures d'enfants, en bronze doré.

76 — Garniture de cheminée, de chez Denière, en bronze doré, à figures d'enfants, pendule et candélabres.

77 — Deux Flambeaux Louis XVI, en bronze ciselé et doré.

78 — Deux Chenets Empire avec galerie, surmontés de lions couchés, en bronze.

79 — Deux Chenets à boules. style Louis XIII, en cuivre.

80 — Lustre en bronze garni de cristaux.

81 — Deux Candélabres à 4 lumières.

82 — Lustre hollandais en cuivre.

MEUBLES ANCIENS

83 — Vitrine de l'époque Louis XVI, à angles coupés, ouvrant à une porte vitrée, en bois de rose marqueté à damiers, filets et grecques, ornée de chutes en bronze doré. Dessus de marbre brèche. (Marque de Dupré, maître ébéniste.)

84 — Pendule du temps de la Régence et son Socle de suspension à marqueterie d'écaille et de cuivre, ornée de bronzes dorés : cariatides, figures d'enfants, mascarons et ornements.

85 — Pendule style Louis XV et son socle, en bronze doré, à motifs rocaille.

86 — Petite Commode Louis XV, à contours et deux rangs de tiroirs, en bois de rose et de violette, ornée de bronzes. Dessus de marbre.

87 — Petite Table légère Louis XV, forme rognon.

88 — Table à ouvrage Empire, en acajou.

89 — Table à jouer en bois de palissandre incrusté de cuivre.

MOBILIER

Meubles de salon, de salle à manger et de chambre à coucher, en acajou; Consoles en bois doré, Sièges, Bibliothèque, etc.

LIVRES

www.ingramcontent.com/pod-product-compliance
Lightning Source LLC
LaVergne TN
LVHW010847180726
843502LV00009B/3753